folio cadet ▪ premières lectures

Maquette : Claire Poisson

ISBN : 978-2-07-063268-8

Numéro d'édition : 174162
Loi n° 49-956 du 16 juillet 1949 sur les publications destinées à la jeunesse
Dépôt légal : mai 2010
Imprimé en France par I.M.E.

Le voleur de gommes

Alexia Delrieu • Henri Fellner

GALLIMARD JEUNESSE

1

Bonjour, je m'appelle Circé, j'ai 6 ans, des taches de rousseur comme ma maman et je suis en CP. Mon nom est celui d'une magicienne de l'ancien temps qui savait transformer les hommes en animaux.

Mon meilleur ami s'appelle Guilherme, mais on l'appelle Guigui, c'est plus facile. Je ne sais pas ce qu'il était autrefois, peut-être chevalier...

Ma classe est très jolie. Il y a de grandes fenêtres, des affiches sur les murs avec les lettres de l'alphabet et nos dessins, même quand ils ne sont pas beaux. On a chacun notre table avec un casier où on peut laisser nos affaires.

On a aussi un cochon d'Inde blanc dont nous avons choisi le nom au début de l'année : Blanche. Pour les vacances, Blanche va chaque fois chez un élève différent, et les parents ne sont pas toujours contents.

Je ne sais pas si on pourra prendre Blanche à la maison, parce qu'on a un grand chat noir qui fait peur à ma cousine Louise.

Agnès, ma maîtresse, est assez gentille ; elle est allergique aux craies, ça lui donne des boutons. Ce n'est pas de chance pour une maîtresse !

Elle est très grande avec de longs cheveux blonds. Parfois sa voix devient grave et ses yeux grossissent. J'ai remarqué que ça arrive surtout quand on bavarde trop, qu'on échange nos billes pendant la leçon d'écriture ou qu'on déchire notre feuille en gommant trop fort...

Agnès veut toujours qu'on s'applique, qu'on colle droit les feuilles dans nos cahiers, que nos casiers soient bien rangés et que les mots ne dansent pas sur les lignes.

2

Tout allait bien dans la classe, on était tous amis, même avec Naïl qui embête tout le monde et Sacha qui copie sur moi mais, un jour, les choses ont commencé à aller de travers.

Ça a débuté par Inès qui a perdu sa gomme. Une gomme neuve, encore toute blanche, que sa maman avait mis dans sa trousse pendant le week-end où on avait « la trousse à vérifier ».

Quelques jours plus tard, c'est la gomme Tintin de Naïl qui a disparu, celle que son frère lui avait prêtée. Naïl pleurait, mais ne voulait pas qu'on le voit pleurer alors ça le faisait encore plus pleurer !

Il nous rendait triste alors on a formé des équipes et on a cherché sa gomme partout, comme si on était des policiers, mais on ne l'a pas retrouvée.

On commençait à se dire que c'était bizarre toutes ces gommes qui disparaissaient...

Rien ne s'est passé pendant le reste de la semaine à part Naïl qui était de mauvaise humeur parce que son frère lui avait pris, en échange de la gomme Tintin perdue, sa « baleine », sa plus grosse bille qu'il avait gagnée contre Dimitri en combat singulier. Mon frère m'a expliqué, ça veut dire un contre un, comme les combats des chevaliers.

Mais le lundi, ça a été mon tour : ma plus belle gomme, celle que Maman m'a rapportée du musée avec une danseuse dessus, a disparu.

Alors, on a compris, Guigui et moi, que c'était grave : il y avait un voleur de gommes dans la classe !

3

Avec Inès, Guigui, Naïl et Maïna, on a fait une réunion, comme les papas et les mamans au bureau. Il fallait à tout prix démasquer le voleur.

Guigui a dit qu'il allait apporter son détecteur de mouvement et sa ceinture d'espion qu'il a eus à Noël. Naïl a proposé son sabre laser.

Nous, les filles, on ne trouvait pas ça très subtile. On a réfléchi pendant que les garçons s'entraînaient au combat et on a décidé d'inventer un piège à voleur.

On est allé voir Victoria qui a toujours les choses dont tout le monde à envie parce que son papa et sa maman sont divorcés. Pour ne pas qu'elle soit triste, ils lui achètent tout ce qu'elle veut.

On lui a dit de demander à son papa une gomme MAGNIFIQUE.

– Facile, vous aurez ça lundi, mais en échange je veux faire partie de votre bande.

On a accepté, de toute façon, Victoria obtient toujours ce qu'elle veut !

4

Le lundi matin, Victoria est arrivée toute contente avec des baskets qui clignotent, une montre rose et une gomme MAGNIFIQUE qui sentait la fraise. Elle avait dû être vraiment très triste pendant le week-end !

On avait l'appât (la gomme), il ne restait plus qu'à attraper le poisson (le voleur), comme à la pêche avec Papy, l'été. Mais, pour ça, il fallait que TOUT le monde sache que Victoria avait une gomme MAGNIFIQUE qui sentait la fraise.

Cette partie du plan était facile surtout que la maîtresse avait un gros rhume et que c'était Xavier qui est très gentil qui nous surveillait.

Mais le voleur ne volait plus, il devait se méfier. Il faut dire que nous n'étions pas très discrets : Naïl montait la garde avec son sabre laser devant le bureau de Victoria, et nous, nous inspections sa trousse toutes les heures. Même Xavier qui est très gentil nous a dit de rester tranquilles.

Quand la cloche a sonné, on était très déçu. La gomme était toujours là. Mais Naïl a dit qu'il nous réservait une bonne surprise pour demain.

5

Le lendemain, Naïl a fait son intéressant pendant toute la récré pour enfin nous dire :

– Je sais qui est le voleur de gommes : c'est Blanche le cochon d'Inde et, s'il n'a pas mangé la MAGNIFIQUE gomme de Victoria c'est parce qu'elle sent la fraise et qu'il n'aime pas les fraises.

– N'importe quoi ! me suis-je écriée, Blanche ne sait même pas ouvrir les trousses.

Guigui aimait bien l'idée de Blanche « super voleur » et il a dit qu'il allait installer son détecteur de mouvement devant la cage.

6

Jeudi matin, la MAGNIFIQUE gomme de Victoria était toujours là, le détecteur était installé et la maîtresse était revenue. On a rigolé parce qu'elle avait le nez tout rouge comme les clowns.

Elle était plutôt de bonne humeur jusqu'à ce que Dimitri fasse sonner le détecteur de mouvement en donnant à manger à Blanche.

Ça a dû lui faire mal à la tête parce qu'elle a crié aussi fort que le détecteur, et c'était très fort.

Elle a confisqué le détecteur et puni Guigui : dix lignes sans fautes ni ratures de *Je ne dois pas perturber la classe*.

Guigui est resté brave, il n'a pas pleuré alors que c'est dur à écrire « perturber » sans fautes ni ratures.

7

Le vendredi, alors qu'on pensait un peu à autre chose, surtout que Maximilien avait apporté le classeur de cartes Pokemon de son frère, la gomme de Victoria a disparu.

Enfin ! Le voleur était revenu. Maïna et moi étions ravies. Naïl regardait Blanche d'un drôle d'œil. Victoria s'en fichait complètement surtout que, le lendemain, elle partait chez sa grand-mère qui n'aime pas que Victoria soit triste, si vous voyez ce que je veux dire…

Le plus malheureux dans l'histoire, c'était Guigui qui aurait bien récupéré son matériel d'espion. Il en a drôlement besoin le week-end pour surveiller sa sœur.

8

On était bien embêté pour Guigui alors on a décidé d'aller parler à la maîtresse, tous ensemble comme dans les trois mousquetaires où ils sont quatre, mais nous, nous sommes cinq à cause de Victoria.

On était un peu intimidé, surtout Victoria qui d'habitude n'a peur de rien. J'ai commencé à raconter toute l'histoire depuis le début. Victoria était très rouge, et la maîtresse la regardait d'un drôle d'air.

– J'aimerais parler à Victoria les enfants, a-t-elle dit.

Comme on ne bougeait pas, elle l'a entraînée dans un coin de la classe. On essayait d'écouter ce qu'elles disaient mais on n'entendait rien. On ne voyait que Victoria qui regardait fixement ses baskets qui clignotaient.

Enfin, elles sont revenues vers nous.

–À toi Victoria, a dit la maîtresse d'un ton ferme.

Victoria a respiré un grand coup, comme pour se donner du courage, a mis ses mains dans ses poches et en a ressorti toutes nos gommes, même la sienne qui sentait la fraise !

On était sidéré, ça veut dire très très étonné. On ne savait pas quoi dire. On la regardait, la bouche ouverte, comme les poissons rouges de la classe de petite section.

–Pardon, a dit Victoria. Je voulais tellement être votre amie et faire partie de votre bande. Je voulais que vous ayez besoin de moi pour retrouver le voleur.

Elle avait l'air si désolé que nous lui avons tout de suite pardonné.

La maîtresse a posé gentiment sa main sur son épaule. Naïl lui a fait son grand sourire. Guigui s'en fichait, trop heureux à l'idée de retrouver son matériel d'espion. Moi, je lui ai fait mon bisou magique, celui que je fais à mon petit frère quand Maman le gronde.

Inès qui aime bien avoir le dernier mot a dit en regardant Victoria droit dans les yeux :

– On a retrouvé nos gommes, mais je crois qu'on a surtout gagné une nouvelle amie !

On a tous rigolé et, dans les yeux de Victoria, une jolie petite lumière a brillé.

→ je lis tout seul

Pour les jeunes apprentis lecteurs
Niveau 2

n° 7 *Je déteste l'école*
par Jeanne Willis
et Tony Ross

n° 10 *La pantoufle écossaise*
par Janine Teisson
et Clément Devaux

n° 13 *Le monstre poilu*
par Henriette Bichonnier
et Pef

n° 21 *Le Roi FootFoot*
par Alex Sanders

n°22 *La Reine RoseRose*
par Alex Sanders

n° 26 *Le voleur de gommes*
par Alexia Delrieu
et Henri Fellner

n° 29 *Le chapeau*
de l'épouvantail
par Ken Brown

n° 30 *Pincemi, Pincemoi*
et la sorcière par Henriette
Bichonnier et Pef